獻 給

歲 月 飄 流

讀一封　　未來給自己的信

圖/文　文本 Man Bunn

寫下未來最溫柔的預言

　　這序文寫來實在有點奇特，我竟會用兩本書配著來讀，且視野往還遊移於兩本書之間，時空跳躍於兩個作者的心靈之中。相信從沒有人如此寫過序，可要請作者文本（Man Bunn）多多原諒。

　　我剛開始讀周保松的《小王子的領悟》，格子盒作室的編輯阿丁就送來《歲月飄流》，說：「文本，香港女生，熱愛圖文創作，她不具任何名氣，第一次出書。……題材小眾，但小編一看到投稿便很喜歡，當下決定要跟作者合作推出，沒太多考慮市場情況。」希望我寫序或作推薦人。電話中還補充，作者您不認識，但我想您會喜歡書的內容。

　　就這樣，我一頁頁讀下去。

　　咦？怎麼她跟周保松一樣，都從小王子的尋找講起，且細細珍惜大人的童心，或久違的童心。在成長過程中，月亮是個重要的象徵。同樣在尋「一條回家的

路」，或「不斷呼喚前方的腳步，前往新開的世界。」尋心中永懷「我們一起約定，永遠不迷路」的人。終於「找到了～」！那該是「未來最溫柔的預言」。

不知道文本年紀有多大，我深信周保松比她年長成熟，要說的話多些深層些。我這個讀者理所當然是老一輩了，聯想的問題又更多些深些。但兩本書兩輩人都在講一些永恆的話題，連同我這老讀者，三代人以相同的或別樣的情懷，寫著讀著這些文字，思索相同的話題。借用周保松語：「而情懷，是你的閱讀歲月沉澱而成的月色。……並以潤物細無聲的方式，滋潤你的生活，豐富你的感情，並默默引領你前行。」

讓我借乘文本的「青春號」列車，「看著旅程的風景，一直在窗外倒敘。」但願如周的盼望：「領悟沒有止境。我們一直在路上。」

小思
香港著名散文作家、教育家

重新認識被遺忘了的自己

一幅畫，

遇上一段合適的文字，

就是一闋動人的樂章。

這是一本關於成長的書。

它未必可以為你達成夢想，

只是在漂流的過程裡，

卻能夠讓你重新認識被遺忘了的自己。

Middle

香港流行文學作家

人生需經歷時光，
才能穿透看懂一個個生命的隱喻

看著Man Bunn的繪本，我想起了李安導演的《少年
Pi的奇幻漂流》，在順著情節推進的故事中，隱藏著另
一個故事，好似人生，需經歷時光，才能穿透看懂一個
個生命的隱喻。Man Bunn以她清新溫暖的文字與筆觸，
細細描繪出她眼中的世界，是一本適合靜下來，緩緩閱
讀的書。

看過一遍，隨手翻閱定格在那一頁，隨著心情湧現
不同的風景與線索。祝福讀者都能「找到了」。

駱亭伶

台灣《小日子》生活風格雜誌主筆

自序

故事開始的時候 未來寄來一封信

 給青春送上一個祝福

青春與時光前行

踏上未知的旅途 時光駛進季節的循環線

 故事開始在窗外倒敘

看著窗外的時光 我們便學懂了想念

 想念已後退的風景

在世界到處流浪 無邊界的世界不斷擴張

 我們看見了人類的渺小

看到自己孤獨的身影

每個孤獨的靈魂到處尋找愛 渴望愛與被愛

最後發現孤獨原來是存在的重量 故事

要結束的時候 我們知道時光是一份禮物

文本 Man Bunn

目錄

/夏至/　/017

/秋風/　/053

Chapter One

未來的信

未來寄來了一封信
未來說生活得很好
請我不要掛念

信內附有
一片不知名的枯葉
一顆未知的種子
一個未確認的祝福

青春初探

以虛無的本質降落地面
發現了存在的重量

夏又土。

青春與時光前行

　　踏上未知的旅途

青春號

列車載著所有年青的夢想
向永恆的終站前進
它駛進了季節的循環線
進入了永恆的輪迴
背著夢的旅人
永遠無法知道列車到達的時間
他們看著旅程的風景
一直在窗外倒敘

騎劫

青春前來
踏上未知的旅途
我們計劃一起騎劫月光
把月光封印在歲月裡
讓青春的對話
永遠在陽光下頌唱

星球

天空散滿人們的願望
天神正在逐一閱讀
等待成為人類最無力的習慣
成為了時間中最浪漫的情操

寄出一個心願

祈求天使快來閱讀

細讀我的心事

讓它化成宇宙間的星光

掛滿整個夜空

照亮每個人的心裡

插曲

夜裡太漫長
我不停地唱
唱出不屬於自己的悲傷
我不停地想
想像一個未開始的故事
一分一秒不停地轉動
轉動出生命的空白

我聽見
遠方的未來偷偷在笑

夏日初綻

你的微笑
讓我知道盛夏已經開始
像你說愛我
萬物都長了翅膀
慢慢從地平線升起
擺動著熱切的慾望
等待青春的撫慰

訪客

你總是靜悄悄的到來

又無聲無息地離開

永遠不讓我發現你的探訪

親愛的愛情

請你到訪的時候

給我一個擁抱

讓我感受你的溫度

島嶼

我常常幻想
自己是一名海員
離開一個島嶼
乘著和自己一樣名字的船
隨著大海　　自由地飄蕩
飄到另一個島嶼
在島上生活

然後
晚上夢見
自己是一名海員
離開一個島嶼
乘著和自己一樣名字的船
隨著大海　　自由地飄蕩
飄到另一個島嶼
在島上生活
然後……

強風信號

風又吹來想念
風會不會把我的思念
吹到來你的身旁
回頭看見了眞實的世界
季節正即將展開騷動
請暴風把你的愛捲走
捲到來我的心裡

不平行宇宙

你住在相反的世界
我的快樂反映你的悲傷
你的愛只能喚醒我的恨
分裂成兩個不平行的宇宙

所以我不能愛你
因為你永遠不會愛我

留言

我在偷看日落
你在偷看我的靈魂
海洋傳來最後的廣播
我們的承諾
一早已融化在海岸線上
電話裡　　留下另一個人
想著海洋的故事

缺席

我們每次的相遇
都錯過了相愛的機會
愛情　從沒有溫暖我們的寂寞
愛情　從沒有照亮我們的心裡

愛情在我們之間缺席了

故事裡的人

主角從愛情小說走出來
忘記了自己的命運
只帶著最不安的愛
揭開故事的序幕
上演一場會哭的戀愛故事

BOOK
&
CAFE

夏雨

季節漸漸落幕
捨不得離開的盛夏
開懷地哭出一場大雨
讓雨水洗去淚水的痕跡
讓雨水洗滌悲傷的污染
讓雨水滋潤快枯乾的心

雨水的聲音
平息了整個季節的喧鬧
留下青春最溫柔的嘆息

沒有月亮的夜晚

~

如果你遇見掉下來的月亮
請在日落前把它送回天空
沒有月光的夜空
黑夜會感到失落
沒有月亮的黑夜
大家會感到寂寞

我們都在晚上
看著月光

想念遠方的人

十八

我們都夢見自己
在午夜歡送十八
我們在季節中打轉
在星光下結算青春
擁抱生命中美好的光影
我們一起喝光淚水後
就讓青春老去

人類的情感

地球上有種生物叫人類
他們擁有各式各樣古怪的情感
人類會喜　會愛　會怒
會哀　會樂　會痛
有時會哭
有時會笑
有時會罵
就是不懂得叫平靜的東西

情感成為人類存在的質感

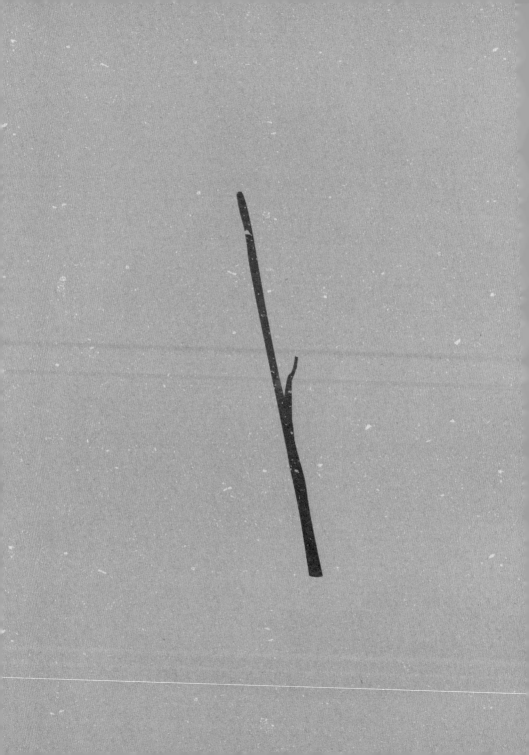

秋風。

世界捲起一層迷霧
　　遮蓋了內心的風景

門外

有一個年代走累了
他就在門後睡著
他放下所有活動的姿態
默默地被時間吞沒
肢體從此失去了方向
馴服貼在地面
等著你去撫摸

占卜遊戲

天上擲下骰子
決定人類的命運
命運在滾動
每人只能遇見
一個不相同的局面
一個沒有雷同的劇情
一個不能預知的結局

月亮太陽

我們在路上說再見
像太陽離開了夜空
像月亮告別了日光
變成孤單的星體
你無聲無息住進我的心間
想念佔據了整個世界
手拉手　　攀爬過去
我們又在記憶裡重逢
證明幸福曾經來過

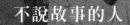

不說故事的人

重遇的時候
在花落的季節
你將往日的愛交給我
彷彿是光陰的禮物
記憶不再迷路
放開的時光逆風而行
留下獨白的寂寞
留下兩行無言的祝福

預留席

我　　一直在等待你
一直在等待你的回來
一直在等待你把我
一直在等待你把帶走的我

帶回來

秘密的房間

你走出自己的城堡
在現實世界流浪
你的身體披上傲慢
藐視夏天的熱情
獨自走過冬天的冷酷
你為春天留下了詩句
帶著不能離開的想念
回到自己的童話世界

黑色禮服

我在尋找一套黑色禮服
它的黑
要和黑夜一樣黑
能夠讓整個宇宙間的星光
投到我的懷裡

晚會

典禮奏起高尚的旋律
優雅的貴族迷失在歌舞中
他們都忘記了自己
沉醉在自我的旋轉
我坐在空隙上觀看
伸展開自由的姿態
偷偷練習孤獨的腳步

開始的時候

所有問題的糾結

是人類一直沒有把問題弄清楚

我決定尋找答案的問題

發掘所有問題的始端

探索世界的本源

去到宇宙的最初

直到遇見自己本來的面貌

沉默的擁抱

請擁抱我的青春
讓他一直溫暖下去
請擁抱我的欲望
讓他不要離開現實
請擁抱我的未來
讓他不要顫抖

請沉默來擁抱我
你是我唯一的武器
面對世界的瘋狂

請來擁抱我

私人假期

是日休息
請各位欲望/想念/憂愁
不要光臨
尤其是煩惱先生
敬請預約

冬寒。

孤獨的靈魂

　　在尋找存在的重量

人類的世界

有種生物叫人類
人類生活在人類的世界
以人類的方式活得像個人類
以人類的語言詮譯人類的價值
人類佔據了時空　　歷史
佔領了整個人類的世界

你有沒有活得像個人類？

被遺忘的人

鏡中的反映在看著我
你傷心地哭著說
被一名大人遺忘了

小王子

大人只是長大了的生物
比長大前大一點的動物
比小孩大一點的人類

大人

鏡中的你對我說：

「我們都忘記了自己曾經是小孩」

無明

身體陷入不知名的迷陣
反覆溫習空間
靈魂在無邊界晃來晃去
尋找宇宙中心在哪裡
誰也離不開星體的陣圖
意識被幾千億兆光年前召喚
回到永恆的律動

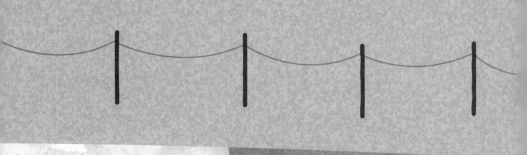

天上的地圖

你躺在你的孤獨

在人間四處飄蕩

去看最美的風景

在現實世界流過淚

你反覆的慢動作

跟著天上掉下來的地圖

尋找一條回家的路

大地的故事

昨日的你掠過我的身邊

我們一起沉默了一個世紀

一起觀看季節的落幕

落下零碎的片段

在地上慢慢褪色

滲透到大地的故事裡

讓大地的後人流傳到下一個世紀

遇見

只要你願意衝出去
會碰上一個

願意衝出來的自己

寫一首沒名字的詩

獨處的時候
背著太陽寫一首詩
為地上的影子劃一個輪廓
為沒形狀的時光
在記憶裡留下一點記號

月光曲

月光回來的時候
他們已經長大
他們用力說一個夢想
讓它成為最虛弱的噩夢
在午夜裡共鳴

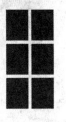

春暖。

我們一起的時光

　　是一份禮物

過去/現在/未來

人類發明了時間
把時間分割成
過去/現在/未來

然後

讓自己必須面對成長這東西

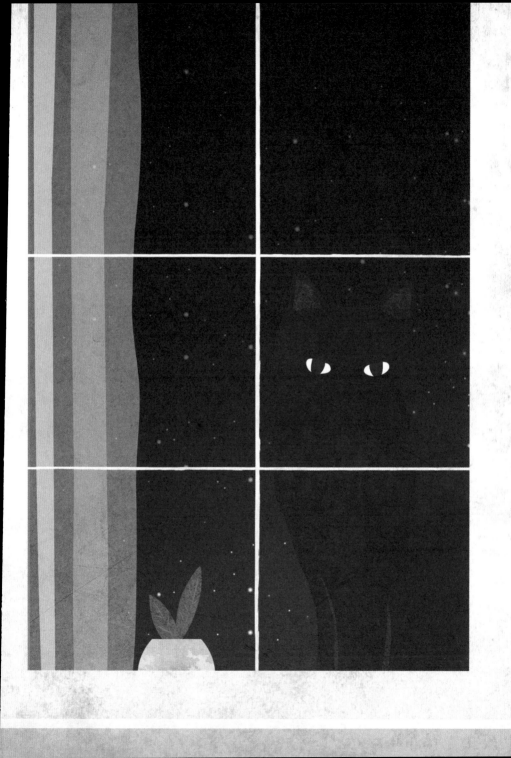

成長日記簿

我們都偷看了別人的故事
互相交換對白和劇情
成為了故事的主角
我們一起打開日記簿
寫下未來最溫柔的預言
等待命運來翻閱

下一頁

翻開下一頁
又回到故事的序幕

未來

不斷呼喚前方的腳步
前往新開的世界

走下去

童年

綻放的季節倒退到角落
往黑夜沉澱下去
沉澱到夢境最深層的渴望
遇見了童年的寓言
一個關於成長前的故事

新世界

你帶著線索從小說走出來
沒有人相信你說的預言
你回頭看著鏡子裡的世界
默默改寫一個相反的結局

時間輪

我們一起越過了地平線
離開了地球的表面
時空不停地轉動
我們在空氣中俯瞰這個世界
忘記了地上的生活
差一點　　忘記自己是人類
可是　　世界從不會忘記我們
它一直在地上守候
迎接我們的歸來

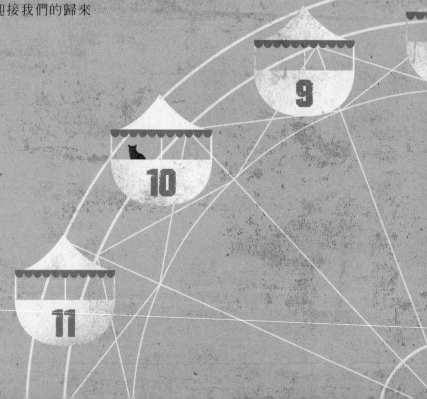

未來的故事

未來是一個沒名字的故事
未完成的章節和劇情
等待被分類落入過去

團圓

我們沿著海岸線一直走
來到最後的終站
又回到最初的起點

我們一起約定
永遠不迷路

時光機

在時間面前一起拍照留念
時光讓每一格片段
成為了一齣電影
我們把說過的瘋狂對白
翻譯成圖像
探索文字以外的意義
把它放在歷史裡成為經典
有人在放映途中睡著
有人提早離場
有人放聲大笑
有人默默地哭了

你有沒有錯過自己的故事？

旅人

列車駛過季節的循環
穿越過去/現在/未來

旅人到站下車的時候
大家說聲謝謝
然後揮手道別

我們知道
我們一起的時光
是一份禮物

「找到了～！」

你找到了嗎？

Dear You

歲月飄流

作 者 / 　文本 Man Bunn

編 輯 / 　阿丁

出 版 / 　格子盒作室 gezi workstation
　　　　　郵寄地址： 香港中環皇后大道中70號
　　　　　　　　　　　卡佛大廈1104室
　　　　　臉書：www.facebook.com/gezibooks
　　　　　電郵：gezi.workstation@gmail.com

發 行 / 　一代匯集
　　　　　九龍旺角塘尾道64號
　　　　　龍駒企業大廈10B&D室
　　　　　電話：2783-8102
　　　　　傳眞：2396-0050

承 印 / 　美雅印刷製本有限公司

出版日期 / 　2016年10月（初版）

ISBN / 　978-988-14368-1-8

給未來寫一封信：